Der Mann weiter oben

Edwin Balmer, William MacHarg

Writat

Diese Ausgabe erschien im Jahr 2023

ISBN: 9789359254913

Herausgegeben von
Writat
E-Mail: info@writat.com

Der Mann weiter oben

Der erste echte Schneesturm des Winters war vom Atlantik her über New York hereingebrochen. Zweiundsiebzig Stunden lang – wie Rentland , Chefsekretär in den Broadway-Büros der American Commodities Company, aus dem Protokoll, das er für Präsident Welter anfertigte, ersehen konnte – war keines der Dutzend Schiffe, die von ausländischen Häfen erwartet wurden, in der Lage gewesen, das Schiff der Gesellschaft zu erreichen Docks in Brooklyn oder tatsächlich in Sandy Hook gemeldet worden. Und in den letzten fünf Tagen, in denen die Sturmsignale des Wetteramtes konstant eingestellt geblieben waren, hatte kein Dampfer der sechs, die in der Woche zuvor an den Docks entladen worden waren, den Versuch gewagt, das offene Meer anzusteuern, außer einem, der Elizabethan Age , die hatte die Narrows am Montagabend geräumt.

An Land war der Sturm für das Geschäft der großen Importgesellschaft kaum weniger verheerend. Seit Dienstagmorgen waren Rentlands Berichte über die Auto- und Zugladungen, die täglich die Lagerhäuser verlassen hatten, eine eintönige Seite mit stehengebliebenen Zügen. Aber bis zu diesem Freitagmorgen hatte Welter – der große, stiernackige und dicklippige Herr über Menschen und Geld – alle angehäuften Probleme der Woche mit Gelassenheit, fast mit Verachtung ertragen. Erst als der Chefsekretär seinem Bericht die Nebenbemerkung hinzufügte, dass der 3.000-Tonnen-Dampfer „ *Elizabethan Age* " , der am Montagabend abgefertigt worden war, nach Boston gefahren worden sei, schien plötzlich etwas im Innenbüro zu „kaputt" zu sein. Rentland hörte, wie die Sekretärin des Präsidenten Rowan, den Hafendirektor, nach Brooklyn rief; er hörte Welters schwere Schritte im Privatbüro auf und ab gehen, seine heisere Stimme erhob sich wütend; und bald darauf stürmte Rowan herein. Rentland konnte die Stimmen nicht mehr hören. Er ging zurück in sein eigenes Büro und rief den Bahnhofsvorsteher an der Grand Central Station an.

„Der Sieben-Uhr-Zug aus Chicago?" fragte der Angestellte mit vorsichtiger Stimme.

„Es kam wie erwartet um 10:30 Uhr an? Oh, um 10:10! Danke schön." Als er das Büro des Präsidenten verließ, legte er den Hörer auf und öffnete die Tür, um mit Rowan zu sprechen.

„Sie haben telegrafiert, dass das *elisabethanische Zeitalter* nicht über Boston hinauskommen könne, Rowan", rief er neugierig.

„Die ———— ——— ——— Nutte!" Der Hafendirektor war seltsam blass geworden; Für den unmerklichen Bruchteil eines Augenblicks verdunkelten sich seine Augen vor Angst, als er in das verwunderte Gesicht des Angestellten blickte, aber er erholte sich schnell, spuckte beleidigend aus und schlug die Tür zu, als er hinausging. Rentland stand einen Moment mit geballten Händen da; dann warf er einen Blick auf die Uhr und eilte zum Eingang des Vorbüros. Der Aufzug brachte gerade einen rothaarigen, blaugrauäugigen jungen Mann mittlerer Größe von der Straße herauf, der mit einem schnellen, intelligenten Blick die Anordnung der Büros bemerkte und direkt auf die Tür von Präsident Welter zuging. Der Prokurist trat schnell vor.

„Sie sind Mr. Trant ?"

"Ja."

„Ich bin Rentland . Hier entlang bitte." Er führte den Psychologen in das kleine Zimmer hinter den Akten, wo er gerade angerufen hatte.

„Ihr Draht zu mir nach Chicago, der mich hierher gebracht hat", sagte Trant und wandte sich von der Aufschrift „Chief Clerk" an der Tür zu den verbissenen, entschlossenen Gesichtszügen und der drahtigen Gestalt seines Mandanten, „gab mir zu verstehen, dass Sie das wollten Lassen Sie mich das Verschwinden oder den Tod von zwei Ihrer Hafenwaagenprüfer untersuchen. Ich nehme an, Sie handelten im Auftrag von Präsident Welter – von dem ich gehört habe –, als Sie nach mir schickten?"

„Nein", sagte Rentland , als er Trant zu einem Platz winkte. „Präsident Welter macht sich sicherlich nicht so große Sorgen um eine Untersuchung."

„Dann die Firma oder ein anderer Beamter?" fragte Trant mit zunehmender Neugier.

"NEIN; noch die Firma, noch irgendein anderer leitender Angestellter darin, Mr. Trant . Rentland lächelte. „Als Chefsekretär der American Commodities Company mache ich mir auch keine allzu großen Sorgen um diese Dame", beugte er sich vertraulich näher zu Trant , „aber als Spezialagent des US-Finanzministeriums interessiere ich mich äußerst für den Tod von." einer dieser Männer und im Verschwinden des anderen. Und dafür habe ich dich gerufen, um mir zu helfen."

„Als Geheimagent für die Regierung?" wiederholte Trant mit schnell wachsendem Interesse.

"Ja; ein Spion, wenn Sie mich so nennen wollen, aber genauso wahrhaftig in den Reihen der Feinde meines Landes wie jeder Nathan Hale, der in dieser Stadt eine Statue hat. Heutzutage sind die Feinde die großen, korrupten, diebischen Konzerne wie dieses Unternehmen; und da ich das anerkenne, schäme ich mich nicht, ein Spion in ihren Reihen zu sein, der von der Regierung beauftragt wurde, Präsident Welter und alle anderen mit ihm verbundenen Beamten zu fangen und zu verurteilen, weil sie in den letzten zehn Jahren systematisch und wahrscheinlich die Regierung bestohlen haben Duldung der Ermordung mindestens eines dieser beiden Kontrolleure, damit das Unternehmen weiterhin stehlen kann."

"Stehlen? Wie?"

„Zollbetrug, Diebstähle, Schmuggel – wie auch immer Sie es nennen wollen. Was genau oder wie, kann ich nicht sagen; denn das ist Teil dessen, was ich dir geschickt habe, um es herauszufinden. Seit einigen Jahren vermutet die Zollbehörde aufgrund von Indizienbeweisen, dass die enormen Gewinne dieser Firma aus den tausend und einen Dingen, die sie importiert und vertreibt, zum Teil aus Waren stammen müssen, die sie ohne Zahlung der entsprechenden Zölle erhalten haben. Auf eigenen Wunsch hin trat ich vor einem Jahr in das Unternehmen ein, um mich mit der Methode vertraut zu machen. Aber nach einem Jahr hier war ich fast bereit, die Ermittlungen aus Verzweiflung aufzugeben, als Ed. Landers, der Prüfer des Unternehmens an den Docks im Waagenhaus Nr. 3, wurde getötet – versehentlich, sagte die Jury des Gerichtsmediziners. Für mich sah es verdächtig nach Mord aus. Innerhalb von zwei Wochen verschwand Morse, der an seiner Stelle zum Kontrolleur ernannt wurde, plötzlich. Die Verantwortlichen des Unternehmens zeigten keinerlei Bedenken hinsichtlich des Schicksals dieser beiden Männer; und mein Verdacht, dass im Schuppenhaus Nr. 3 etwas Schiefes vor sich gehen könnte, bestärkte sich; und ich habe nach dir geschickt, damit du mir hilfst, den Dingen auf den Grund zu gehen."

„Ist es dann nicht das Beste, mir zunächst so ausführlich wie möglich die Einzelheiten der Beschäftigung von Morse und Landers und auch ihres Verschwindens mitzuteilen?" schlug der junge Psychologe vor.

„Ich habe dir diese Dinge hier erzählt, Trant , anstatt dich an einen sichereren Ort zu bringen", antwortete der Geheimagent, „weil ich auf jemanden gewartet habe , der dir besser sagen kann, was du wissen musst als ich." Edith Rowan, die Stieftochter des Hafendirektors, kannte Landers gut, denn er stieg bei Rowan ein. Sie war – oder ist, falls er noch lebt – mit Morse verlobt. Es ist ungewöhnlich, dass Rowan selbst hierher kommt, um Präsident Welter zu sehen, wie er es kurz vor Ihrer Ankunft getan hat. Aber seit Morses Verschwinden ist seine Tochter jeden Morgen gekommen, um Welter persönlich zu besuchen. Sie wartet bereits im Vorzimmer." Er öffnete die Tür und zeigte Trant auf ein hellhaariges, überkleidetes, nervöses Mädchen, das sich unruhig auf dem Sitz vor dem Privatbüro des Präsidenten hin und her bewegte.

„Welter hält es aus irgendeinem Grund für angebracht, sie jeden Morgen einen Moment lang zu sehen. Aber sie kommt immer fast sofort raus – und weint."

„Das ist interessant", kommentierte Trant , während er dem Mädchen zusah, wie es das Büro des Präsidenten betrat. Nach nur einem Moment kam sie weinend heraus. Rentland hatte sein Zimmer bereits verlassen, daher schien es Zufall zu sein, dass er und Trant sie trafen und sie zum Aufzug und über den rutschigen Bürgersteig zu einem gepflegten Elektrocoupé begleiteten, das am Bordstein stand.

„Es gehört ihr", sagte Rentland , als Trant zögerte, bevor er dem Mädchen hineinhalf. „Das ist eines der Dinge, die ich dir zeigen wollte. Der Broadway ist sehr rutschig, Miss Rowan. Erlauben Sie mir, Sie heute Morgen wieder zu Hause zu sehen? Dieser Herr ist Mr. Trant , ein Privatdetektiv. Ich möchte, dass er mitkommt."

Das Mädchen stimmte zu und Trant drängte sich in das kleine Auto. Rentland lenkte das Coupé geschickt in den geschwungenen Straßenverlauf, rannte schnell die Fifth Avenue hinunter zur Fourteenth Street und hielt drei Straßen östlich vor einem Haus in der Mitte des Blocks an. Das Haus war genauso eng und eng und ebenso billig gebaut wie seine Nachbarn auf beiden Seiten. Es gab auffällige Spitzenvorhänge in jedem Fenster und beeindruckende Statuetten, Vasen und farbenfrohen Nippes in den Vorderräumen.

„Er sagte mir noch einmal, dass Will immer noch betrunken sein muss; und Will trinkt nie", sprach sie zum ersten Mal zu ihnen, als sie das kleine Wohnzimmer betraten.

„Er' ist Welter", erklärte Rentland Trant . „Will' ist Morse, der vermisste Mann. Nun, Miss Rowan, ich habe Mr. Trant mitgebracht, weil ich ihn gebeten habe, mir zu helfen, Morse für Sie zu finden, wie ich es versprochen habe; und ich möchte, dass Sie ihm alles darüber erzählen, wie Landers getötet wurde und wie Morse verschwand."

„Und denken Sie daran", warf Trant ein, „dass ich sehr wenig über die American Commodities Company weiß."

„Warum, Mr. Trant ", nahm sich das Mädchen zusammen, „Sie können nicht anders, als etwas über die Firma zu wissen! Es importiert fast alles – Tabak, Zucker, Kaffee, Oliven und eingemachte Früchte, Öle und alle möglichen Tischdelikatessen, aus der ganzen Welt, sogar aus Borneo, Mr. Trant, und aus Madagaskar und Neuseeland. Es gibt große Lagerhäuser an den Docks, in denen Waren im Wert von mehreren Millionen Dollar gelagert sind. Mein Stiefvater ist seit Jahren im Unternehmen und kümmert sich um alles, was an den Docks vor sich geht."

„Einschließlich des Wiegens?"

"Ja; Alles, worauf eine Pflicht besteht, muss beim Abheben von den Booten gewogen werden, und dazu gibt es große Waagen und für jede eine Waagenhütte. Wenn eine Waage benutzt wird, sind zwei Männer im Waagenhaus. Einer davon ist der staatliche Waager, der die Waage auf eine Waage stellt und das Gewicht in einem Buch notiert. Der andere Mann, ein Angestellter der Firma, schreibt das Gewicht ebenfalls in ein eigenes Buch; und er wird der Prüfer des Unternehmens genannt. Aber obwohl es ein halbes Dutzend Waagen gibt, wird fast alles, wenn es möglich ist, vor der Waage Nr. 3 entladen, denn das ist der beste Liegeplatz für Schiffe."

„Und Landers?"

„Landers war der Prüfer des Unternehmens auf der Skala Nr. 3. Nun, vor ungefähr fünf Wochen begann ich zu erkennen, dass Mr. Landers über etwas besorgt war. Zweimal kam ein seltsamer, ruhiger kleiner Mann mit einer Narbe auf der Wange zu ihm, und jedes Mal gingen sie in Mr. Landers Zimmer und unterhielten sich lange. Eds Zimmer lag über dem Wohnzimmer, und nachdem der Mann gegangen war , konnte ich ihn hin und her gehen hören – laufen und gehen, bis es schien, als würde er nie aufhören. Ich erzählte Vater von diesem Mann, der Mr. Landers beunruhigte, und er fragte ihn danach, aber Mr. Landers geriet in Wut und sagte, es sei nichts Wichtiges. Dann blieben eines Nachts – es war ein Mittwoch – alle lange am Hafen, um den Dampfer *Covallo zu entladen* . Gegen zwei Uhr kam Vater nach Hause, aber Herr Landers war nicht bereit, mit ihm zu kommen. Er kam die ganze Nacht nicht und am nächsten Tag kam er nicht nach Hause.

„Nun, Herr Trant , sie achten in den Lagerhäusern sehr darauf, wer rein und raus geht, weil dort so viele wertvolle Dinge gelagert sind. Auf der einen Seite öffnen sich die Lagerhäuser zu den Docks, und an beiden Enden sind sie eingezäunt, so dass man nicht entlang der Docks gehen und ihnen so entkommen kann; und auf der anderen Seite öffnen sie sich auf der Straße durch große Einfahrtstüren, und an jeder Tür, solange sie offen ist, steht ein Wächter, der jeden beobachtet, der ein- und ausgeht. An diesem Mittwochabend war nur eine Tür offen, und der Wächter dort hatte Herrn Landers nicht hinausgehen sehen. Und die zweite Nacht verging und er kam nicht nach Hause. Aber am nächsten Morgen, Freitagmorgen", hielt das Mädchen hysterisch den Atem an, „Mr. Die Leiche von Landers wurde im Maschinenraum hinter dem Schuppenhaus Nr. 3 gefunden, das Gesicht war schrecklich eingequetscht!"

„War der Maschinenraum besetzt?" sagte Trant schnell. „Es muss tagsüber besetzt gewesen sein, und wahrscheinlich auch in der Nacht, als

Landers verschwand, als sie die *Covallo entluden* . Aber war sie in der Nacht, in der die Leiche gefunden wurde, in dieser Nacht besetzt?"

„Ich weiß es nicht, Mr. Trant . Ich denke, das kann nicht gewesen sein, denn nach dem Urteil der Gerichtsmediziner-Jury, das lautete, dass Mr. Landers durch einen Teil der Maschinerie getötet worden war, hieß es, dass der Unfall entweder am Abend zuvor oder kurz davor passiert sein müsse Der Ingenieur stellte seine Motoren ab, oder das Erste an diesem Morgen, gerade nachdem er sie gestartet hatte; denn sonst hätte es jemand im Maschinenraum gesehen."

„Aber wo war Landers den ganzen Donnerstag über gewesen, Miss Rowan, von zwei Uhr am zweiten Abend zuvor, als Ihr Vater ihn das letzte Mal gesehen hatte, bis zu dem Unfall im Maschinenraum?"

„Es wurde angenommen, dass er betrunken gewesen war. Als seine Leiche gefunden wurde, war seine Kleidung mit Fasern aus dem Kaffeesack bedeckt, und die Jury ging davon aus, dass er am Donnerstag im Kaffeelager seinen Alkohol ausgeschlafen hatte. Aber ich kannte Ed Landers seit fast drei Jahren, und in dieser ganzen Zeit habe ich nie erlebt, dass er auch nur einen Drink getrunken hätte."

„Dann war es eine sehr unwahrscheinliche Annahme. Sie glauben nicht an diesen Unfall, Miss Rowan?" sagte Trant schroff.

Das Mädchen wurde weiß wie Papier. „Oh, Herr Trant , ich weiß es nicht! Ich habe daran geglaubt. Aber seit Will — Mr. Morse — ist auf genau die gleiche Weise und unter genau den gleichen Umständen verschwunden, und jeder verhält sich genauso damit —"

„Sie sagen, dass die Umstände für Morses Verschwinden dieselben waren?" Trant drückte leise, als sie fortfahren konnte.

„Nachdem Mr. Landers tot aufgefunden wurde", sagte das Mädchen und riss sich wieder zusammen, „Mr. Morse, der in einem der anderen Schuppenhäuser als Schachbrett gearbeitet hatte, wurde zum Schachbrett Nr. 3 ernannt. Das überraschte uns, denn es war eine Art Beförderung, und Vater mochte Will nicht; er war über unsere Verlobung sehr unzufrieden gewesen. Wills Beförderung hat uns sehr gefreut, denn es schien, als würde Vater seine Meinung ändern. Aber nachdem Will nur ein paar Tage lang auf der Skala Nr. 3 gestanden hatte, kam derselbe seltsame, stille kleine Mann mit der Narbe auf der Wange, der Mr. Landers vor seinem Tod besucht hatte, auch zu Will! Und nachdem er anfing zu kommen, war Will beunruhigt, schrecklich beunruhigt, wie ich sehen konnte; aber er wollte mir den Grund nicht sagen. Und er erwartete, dass ihm etwas zustoßen würde, sobald dieser Mann anfing zu kommen. Und ich weiß aus der Art und Weise, wie er sich verhielt und über Mr. Landers sprach, dass er dachte, er sei nicht versehentlich getötet worden. Eines Abends, als ich merkte, dass er noch mehr beunruhigt war als je zuvor, sagte er, wenn ihm etwas zustoße, solle ich sofort in seine Pension gehen und mich um alles in seinem Zimmer kümmern und niemanden hineinlassen Platz zum Durchsuchen, bis ich alles in den Schubladen der Kommode entfernt hatte; alles, egal wie nutzlos etwas schien. Dann, genau in der nächsten Nacht, vor fünf Tagen, als Mr. Landers noch am Steuer war, machten alle Überstunden an den Docks, um ein Schiff, das *Elisabethanische Zeitalter*, zu entladen . Und am Morgen rief mich Wills Vermieterin an und teilte mir mit, dass er nicht nach Hause gekommen sei. Vor fünf Tagen, Herr Trant ! Und seitdem hat niemand mehr von ihm gesehen oder gehört; und der Wächter sah ihn in dieser Nacht nicht aus dem Lagerhaus kommen, ebenso wenig wie er Ed Landers nicht sah."

„Was hast du in Morses Büro gefunden?" fragte Trant .

„Ich habe nichts gefunden."

"Nichts?" wiederholte Trant . „Das ist unmöglich, Miss Rowan! Denk nochmal! Denken Sie daran, dass er Sie gewarnt hat, dass das, was Sie gefunden haben, trivial und nutzlos erscheinen könnte."

Das Mädchen studierte ein wenig trotzig einen Moment lang Trants klare Gesichtszüge. Plötzlich stand sie auf und rannte aus dem Zimmer, kam aber schnell mit einem seltsamen kleinen Gerät in der Hand zurück.

Es handelte sich lediglich um ein Stück Draht, etwa drei Zoll gerade und dann in einem Halbkreis von fünf oder sechs Zoll gebogen, wobei der gebogene Teil des Drahtes sorgfältig mit festem Bindfaden umwickelt wurde, und zwar so:

Das geheimnisvolle, mit einer Schnur umwickelte Stück gebogenen Drahtes.

„Außer seiner Kleidung und ein paar leeren Briefpapieren und Umschlägen war das absolut das Einzige in der Kommode. Es war überhaupt das Einzige in der einzigen verschlossenen Schublade."

Trant und Rentland starrten enttäuscht auf dieses seltsame Gerät, das das Mädchen dem Psychologen reichte.

„Sie haben dies Ihrem Stiefvater, Miss Rowan, gezeigt, um eine mögliche Erklärung dafür zu erhalten, warum ein Firmenprüfer bei so etwas so besorgt sein sollte?" fragte Trant .

„Nein", das Mädchen zögerte. „Will hatte mir gesagt, ich solle nichts sagen; und ich habe dir gesagt, dass Vater Will nicht mochte. Er hatte beschlossen, dass ich Ed Landers heiraten sollte. In den meisten Fällen ist der Vater freundlich und großzügig. Er hat das Coupé, mit dem wir hierherkamen, zwei Jahre lang für meine Mutter und mich behalten; Und Sie sehen", sie deutete ein wenig stolz auf die geschmückten und schlecht eingerichteten Zimmer, „Sie sehen, wie er alles für uns besorgt." Auch Herr Landers war äußerst großzügig. Zwei- bis dreimal pro Woche ging er mit mir ins Theater, immer mit den besten Plätzen. Ich wollte nicht gehen, aber Vater hat mich dazu gezwungen. Ich bevorzuge Will, obwohl er nicht so großzügig war."

Trants Augen wandten sich mit noch intelligenterem Blick wieder dem geheimnisvollen Gerät in seiner Hand zu.

„Welches Gehalt bekommen Checker, Rentland ?" fragte er leise.

„Einhundertfünfundzwanzig Dollar pro Monat."

„Und ihr Vater, der Hafendirektor – wie viel?" Trants ausdrucksstarker Blick sprang nun von einer knalligen, extravaganten Kleinigkeit im Raum zur nächsten, erhaschte erneut einen Blick auf das elektrische Coupé, das auf der Straße stand, und kehrte dann zu dem winzigen Stück Draht in seiner Hand zurück.

„Dreitausend pro Jahr", antwortete Rentland .

„Sagen Sie mir, Miss Rowan", sagte Trant , „dieses Gerät – haben Sie es Präsident Welter gegenüber zufällig erwähnt?"

„Aber nein, Mr. Trant ."

„Bist du dir da sicher? Exzellent! Exzellent! Jetzt der seltsame, stille kleine Mann mit der Narbe auf der Wange, der Morse besuchen kam; Niemand konnte dir etwas über ihn sagen?"

„Niemand, Mr. Trant ; Aber gestern erzählte mir Wills Vermieterin, dass seit seinem Verschwinden jeden Vormittag ein Mann gekommen sei, um nach Will zu fragen, und sie glaubt, dass dies der Mann mit der Narbe sein könnte, obwohl sie nicht sicher sein kann, da er den Kragen seines Mantels hochgehalten hatte über sein Gesicht. Sie sollte mich anrufen, wenn er wiederkäme.

„Wenn er heute Morgen kommt", Trant warf einen schnellen Blick auf seine Uhr, „dann warten wir beide, Rentland , vielleicht viel besser dort drüben auf ihn."

Der Psychologe erhob sich und steckte das gebogene, mit Bindfäden umwickelte Stück Draht vorsichtig in seine Tasche; und eine Minute später überquerten die beiden Männer die Straße zu dem Haus, das Rentland bereits kannte und in dem Morse eingestiegen war. Die Wirtin ließ sie nicht nur in ihrem kleinen Salon warten, sondern wartete auch mit ihnen, bis sie nach Ablauf einer Stunde mit einer eifrigen Geste auf einen kleinen Mann in einem großen Ulster zeigte, der scharf die Vordertreppe hinaufging.

„Das ist er – sehen Sie!" rief sie aus.

„Das ist der Mann mit der Narbe!" rief Rentland . "Also! Ich kenne ihn."

Er ging zur Tür, packte den Ulster und zerrte den kleinen Mann mit aller Gewalt ins Haus.

„Nun, Dickey!" fragte der Geheimagent, als der Mann ihn überrascht ansah. „Was machen Sie in diesem Fall? „Trant , das ist Inspektor Dickey vom Zollamt", stellte er den Beamten vor.

„Wenn ich weiß, von welchem Fall Sie reden, sitze ich in dem Fall selbst", piepste Dickey. „Morse, was? und die American Commodities Company, nicht wahr?"

„Genau", sagte Rentland schroff. „Warum wollten Sie Landers besuchen?"

„Weißt du davon?" Der kleine Mann blickte scharf auf. „Nun, vor sechs Wochen kam Landers zu mir und sagte mir, er hätte etwas zu verkaufen; ein geheimes System, um den Zoll zu umgehen. Aber bevor wir uns einigen konnten, begann er ein wenig die Nerven zu verlieren; Er bekam es jedoch zurück und wollte es mir sagen, als er auf einmal verschwand und zwei Tage später tot war! Das machte es für mich heißer; Also ging ich Morse nach. Aber Morse bestritt, etwas gewusst zu haben. Dann ist auch Morse verschwunden."

„ Du hast also überhaupt nichts von ihnen mitbekommen?" Rentland schaltete sich ein.

„Nichts, was ich gebrauchen könnte. Landers zeigte mir einmal, als er langsam die Nerven gewann, ein Stück gebogenen Draht – mit einer Schnur darum herum – in seinem Zimmer und begann mir etwas zu erzählen, als Rowan ihn anrief, und dann hielt er den Mund."

„Ein verbogener Draht!" Trant weinte eifrig. "So was?" Er nahm das Gerät aus seiner Tasche, das ihm Edith Rowan gegeben hatte. „Morse hatte das in seinem Zimmer, das einzige, was in einer verschlossenen Schublade lag."

"Das gleiche!" Rief Dickey und ergriff es. „ Also hatte Morse es auch, nachdem er Dame auf der Skala Nr. 3 wurde, wo das Schummeln, wenn überhaupt, liegt. Genau das, was Landers mir zu erklären begann und wie sie damit den Zoll betrogen haben. Ich sage, wir müssen es jetzt haben, Rentland ! Wir brauchen nur zu den Docks zu gehen und ihnen beim Wiegen zuzusehen und zu sehen, wie sie es benutzen, und sie zu verhaften, und dann haben wir sie endlich, nicht wahr, alter Mann?" er weinte triumphierend. „Endlich haben wir sie!"

„Sie meinen", unterbrach Trant den Zollbeamten, „dass Sie vielleicht den Kontrolleur oder einen Vorarbeiter oder vielleicht sogar einen Hafenaufseher verurteilen und einsperren können – wie üblich." Aber die Männer weiter oben – die großen Männer, die wirklich ganz unten in diesem Geschäft stehen und die einzigen sind, die es wert sind, engagiert zu werden – werden Sie sie fangen?"

„Wir müssen die nehmen, die wir kriegen können", sagte Dickey scharf.

Trant legte seine Hand auf den Arm des kleinen Offiziers.

„Ich bin ein Fremder für Sie", sagte er, „aber wenn Sie einige der jüngsten Kriminalfälle in Illinois verfolgt haben, wissen Sie vielleicht, dass ich mit den Methoden der modernen praktischen Psychologie Ergebnisse erzielen konnte, wo alte Wege es geschafft haben." fehlgeschlagen. Wir stehen jetzt vielleicht vor dem größten Problem der modernen Strafverfolgung: In Fällen, an denen ein großes Unternehmen beteiligt ist, müssen wir nicht nur die kleinen Männer unten fassen, die die kriminellen Handlungen begehen, sondern auch die Männer weiter oben, die schwanger werden oder hinterlistig sind am kriminellen Plan. Rentland , ich bin nicht hierher gekommen, um nur einen Hafenvorarbeiter zu verurteilen; Aber wenn wir irgendjemanden erreichen wollen, der darüber hinausgeht, dürfen Sie nicht zulassen, dass Inspektor Dickey heute Nachmittag Verdacht erregt, indem er in die Angelegenheiten am Hafen hineinschnüffelt!"

„Aber was können wir sonst noch tun?" sagte Rentland zweifelnd.

„Die moderne praktische Psychologie bietet ein Dutzend Möglichkeiten, das Wissen des Mannes weiter oben in diesem Unternehmensverbrechen zu beweisen", antwortete Trant , „und ich überlege, welche die praktikabelste ist." Sag es mir nur " , forderte er plötzlich; "Herr. Ich habe gehört, dass Welter einer der reichen Männer New Yorks ist, die es sich zur Modeerscheinung machen, einen Großteil an Universitäten und andere Institutionen zu spenden; Können Sie mir sagen, welche ihn am meisten interessieren könnten?"

„Ich habe gehört", antwortete Rentland , „dass er einer der Förderer der Stuyvesant School of Science ist." Es ist wahrscheinlich die angesagteste Einrichtung in New York; und Welters Name erscheint, wie ich weiß, in den Zeitungen."

„Nichts könnte besser sein!" rief Trant aus. „Kuno Schmalz hat dort sein psychologisches Labor. Ich sehe jetzt meinen Weg, Rentland ; und Sie werden am frühen Nachmittag von mir hören. Aber halten Sie sich von den Docks fern!" Er drehte sich um und verließ die erstaunten Zöllner abrupt. Eine halbe Stunde später schickte der junge Psychologe seine Karte an Professor Schmalz im Labor der Stuyvesant School of Science. Der Deutsche, breitgesichtig, bebrillt und strahlend, selbst kam zur Labortür.

„Ist es Mr. Trant – der junge, begabte Schüler meines alten Freundes Dr. Reiland ?" dröhnte er bewundernd. „Ach! Glück wünscht Reiland ! Auch ich habe ihnen zwanzig Jahre lang im Labor gezeigt, wie Angst, Schuld, jede Emotion im Körper messbare Reaktionen hervorruft. Aber wenden sie es an? Puff! NEIN! es bleibt ihnen allen unpraktisch, akademisch, weil ich in meinen Vorlesungen nur Blödsinn habe!"

„Professor Schmalz", sagte Trant , folgte ihm ins Labor und blickte mit großem Interesse von einem der empfindlichen Instrumente zum anderen, „sagen Sie mir, in welcher Richtung Sie jetzt arbeiten."

„Ach! Ich experimentiere nun schon seit einem Jahr mit dem Plethysmographen und dem Pneumographen . Ich mache einen Geschmack, ich mache einen Geruch oder ich mache ein Geräusch, um Gefühle im Subjekt zu wecken; und ich habe anhand des Plethysmographen gelesen, dass das Blutvolumen in der Hand unter den Emotionen abnimmt und dass der Puls schneller wird; Und anhand des Pneumographen habe ich gelesen, dass die Atmung leichter oder schneller geht, je nachdem, ob die Gefühle angenehm oder unangenehm sind. Ich habe dieses Jahr mehr als zweitausend dieser Experimente durchgeführt . "

"Gut! Ich habe ein Problem, bei dem Sie mir von größtem Nutzen sein können. und der Plethysmograph und der Pneumograph werden meinen Zweck ebenso erfüllen wie alle anderen Instrumente im Labor. Denn egal wie verhärtet ein Mann auch sein mag, egal wie unmöglich es geworden sein mag, seine Gefühle in seinem Gesicht oder seiner Haltung zu erkennen, er kann nicht verhindern, dass das Blutvolumen in seiner Hand abnimmt und seine Atmung sich unter dem Einfluss verändert Einfluss von Angst- oder Schuldgefühlen. Übrigens, Herr Professor, kennt Herr Welter Ihre Experimente?"

"Was er!" rief der stämmige Deutsche. „Denn warum sollte ich ihm davon erzählen? Er weiß nichts. Er hat mir die Zeit verschafft, Unterricht zu geben;

Er hat nicht gekauft, py Kamin ! alles – sogar die Seele, die Gott mir gegeben hat!"

„Aber er hätte Interesse an ihnen?"

„Sicherlich würde er sich für sie interessieren! Er würde in seinem Auto drei oder vier andere fette Geldverdiener mitbringen und vor ihnen angeben. Er würde seinen dressierten Bären – das bin ich – tanzen lassen!"

"Gut!" rief Trant erneut aufgeregt. „Professor Schmalz, wären Sie bereit, wenn möglich heute Abend eine kleine Ausstellung des Plethysmographen und Pneumographen zu veranstalten und die Teilnahme von Präsident Welter zu arrangieren?"

Der scharfsinnige Deutsche warf ihm einen kurzen fragenden Blick zu. "Warum nicht?" er sagte. „Es macht mir nichts, welchen Zweck Sie verfolgen werden; Nein, py Kamin ! nicht, wenn es mich meine Position als ausgebildeter Bär kostet; weil ich auf meine Psychologie vertraue, dass sie keinem unschuldigen Menschen Leid zufügen wird!"

„Und Sie werden zwei oder drei Wissenschaftler haben, die den Experimenten zuschauen? Und du erlaubst mir, auch dort zu sein und zu helfen?"

"Mit großer Freude."

„Aber, Herr Professor Schmalz, Sie brauchen mich nicht Herrn Welter vorzustellen, der denken wird, ich sei einer Ihrer Assistenten."

„Wie du das wünschst, Schüler meines lieben alten Freundes."

"Exzellent!" Trant sprang auf. „Wenn es möglich ist, dies mit Herrn Welter zu vereinbaren, wie schnell können Sie mir Bescheid geben?"

„Ach! Es ist so gut wie arrangiert, sage ich Ihnen. Seine Eitelkeit wird es arrangieren, wenn ich größtmögliche Publizität versichere –"

„Je mehr Werbung, desto besser."

"Warten! Es muss behoben werden, bevor Sie hier abreisen."

Der Professor ging voran in sein privates Arbeitszimmer, rief den Präsidenten der American Commodities Company an und vereinbarte problemlos den Termin.

Wenige Minuten vor acht Uhr an diesem Abend stieg Trant erneut schnell die Steinstufen zum Labor des Professors hinauf. Der Professor und zwei andere, die über einen Tisch in der Mitte des Raumes gebeugt saßen, drehten sich bei seinem Eintritt um. Präsident Welter war noch nicht eingetroffen. Der junge Psychologe dankte Schmalz freudig für die Bekanntschaft mit den beiden Wissenschaftlern. Beide waren ihm namentlich bekannt, und er hatte mit Interesse eine Reihe von Experimenten verfolgt, über die der Ältere, Dr. Annerly , in einem psychologischen Journal berichtet hatte. Dann wandte er sich sofort dem Gerät auf dem Tisch zu.

Er untersuchte noch immer die Instrumente, als ihn der Lärm eines vor der Tür haltenden Autos auf die Ankunft der Gruppe von Präsident Welter aufmerksam machte. Dann öffnete sich die Labortür und die Gruppe erschien. Es waren auch drei an der Zahl; kräftige Männer, ziemlich aufdringlich gekleidet, in fröhlicher Stimmung, mit starken Gesichtern, die jetzt vom Wein gerötet waren, den sie beim Abendessen getrunken hatten.

„Nun, Professor, welches Feuerwerk werden Sie uns heute Abend zeigen?" fragte Welter gönnerhaft. „Schmalz", erklärte er seinen Begleitern, „ist der Oberzirkusdirektor dieses Zirkus."

Das bärtige Gesicht des Deutschen färbte sich unter Welters scherzhaft-herrscher Art violett; aber er wandte sich den Instrumenten zu und begann sie zu erklären. Der Pneumograph , mit dem sich der Professor erstmals beschäftigte, besteht aus einer sehr dünnen, flexiblen Messingplatte, die mit einer Schnur um den Hals der zu untersuchenden Person gehängt und mit einer den Körper umschließenden Schnur fest an der Brust befestigt wird. Auf der Außenfläche dieser Platte befinden sich zwei kleine, gebogene Hebel, die an einem Ende mit der Schnur verbunden sind, die den Körper des Probanden umgibt, und am anderen Ende mit der Oberfläche einer kleinen hohlen Trommel, die zwischen den beiden an der Platte befestigt ist. Während sich der Brustkorb beim Atmen hebt und senkt, drücken die Hebel immer weniger auf die Oberfläche der Trommel; und dieser unterschiedliche Druck auf die Luft im Inneren der Trommel wird von der Trommel durch ein luftdichtes Rohr auf einen kleinen Bleistift übertragen, den sie senkt und anhebt. Während der Bleistift sich hebt und senkt und dabei immer ein Blatt geräuchertes Papier berührt, das über einen Zylinder auf dem Aufzeichnungsgerät läuft, zeichnet er eine Linie, deren steigende Striche genau das Ansaugen von Luft in die Brust und deren fallendes Ausstoßen der Luft darstellen.

Trant war klar, dass die schnelle Erklärung des Professors, obwohl sie für die Psychologen, die bereits mit dem Gerät vertraut waren, klar genug war, von den großen Männern nur teilweise verstanden wurde. Es war ihnen nicht erklärt worden, dass Veränderungen in der Atmung, die so geringfügig sind, dass sie für das Auge nicht wahrnehmbar sind, durch den bewegten Bleistift unverkennbar aufgezeichnet werden.

Professor Schmalz wandte sich dem zweiten Instrument zu. Hierbei handelte es sich um einen Plethysmographen, mit dem die Vergrößerung oder Verkleinerung eines Fingers einer untersuchten Person gemessen werden sollte, wenn die Blutversorgung dieses Fingers zunimmt oder abnimmt. Es besteht im Wesentlichen aus einem kleinen Zylinder, der so konstruiert ist, dass er über den Finger gestülpt und luftdicht verschlossen werden kann. Durch die Vergrößerung oder Verkleinerung des Fingers erhöht oder verringert sich der Luftdruck im Zylinder. Diese Änderungen des Luftdrucks werden durch ein luftdichtes Rohr auf einen empfindlichen Kolben übertragen, der einen Bleistift bewegt und auf dem Aufzeichnungsblatt eine Linie genau unter der Linie des Pneumographen zeichnet . Der Aufwärts- oder Abwärtstrend dieser Linie zeigt die Zunahme oder Abnahme der Blutversorgung an, während die kleineren Schwingungen nach oben und unten den Pulsschlag im Finger aufzeichnen.

Es gibt noch einen dritten Bleistift, der über den beiden anderen das Protokollblatt berührt und elektrisch mit einer Taste verbunden ist, die der eines am Tisch befestigten Telegrapheninstruments ähnelt. Wenn sich dieser Schlüssel in seiner normalen Position befindet, zeichnet dieser Bleistift einfach eine gerade Linie auf dem Blatt; aber sofort, wenn die Taste gedrückt wird, bricht die Linie auch nach unten ab.

Dieses dritte Instrument dient lediglich dazu, auf dem Blatt durch die Änderung der Linie den Punkt aufzuzeichnen, an dem der Gegenstand, der Empfindungen oder Emotionen hervorruft, der untersuchten Person angezeigt wird.

Das augenblickliche Schweigen, das Schmalz' rascher Erklärung folgte, wurde von einem von Welters Begleitern mit der Frage unterbrochen:

„Nun, was nützt das ganze Zeug überhaupt ?"

„Ach!" sagte Schmalz unverblümt, „es ist interessant, neugierig!" Ich zeige es dir."

„Wird einer von Ihnen, meine Herren", sagte Trant schnell, „erlauben Sie uns, ihn bei der Demonstration einzusetzen?"

„Versuchen Sie es, Jim", lachte Welter laut.

„Ich nicht", sagte der andere. „Das ist dein Zirkus."

„Ja, tatsächlich, es gehört mir. Und ich habe keine Angst davor. Schmalz, gib dein Schlimmstes!" Er ließ sich lachend auf den Stuhl fallen, den der Professor ihm gestellt hatte, und knöpfte auf Schmalz' Anweisung hin seine Weste auf. Der Professor hängte sich den Pneumographen um den Hals und befestigte ihn fest an der großen Brust. Er legte Welters Unterarm in eine von der Decke hängende Ablage und befestigte den Zylinder am zweiten Finger der dicken Hand. In der Zwischenzeit Trant hatte schnell die Bleistifte auf das Protokollblatt gelegt und den Zylinder in Gang gesetzt, auf dem das Blatt unter ihnen vorbeilief.

„Sehen Sie, ich habe mich auf Sie vorbereitet." Schmalz nahm eine Serviette von einem Tablett, auf dem mehrere Schälchen standen. Von einem davon nahm er ein Stück Kaviar und legte es Welter auf die Zunge. Im selben Moment drückte Trant den Schlüssel. Die Bleistifte zeigten eine leichte Bewegung und die Zuschauer starrten auf dieses Rekordblatt!

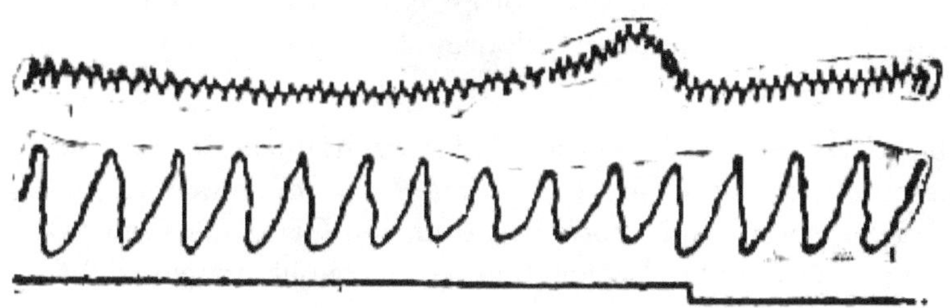

„Ach!" rief Schmalz, „Du magst keinen Kaviar."

"Wie kannst du das Wissen?" forderte Welter.

„Die Instrumente zeigen, dass man bei dem unangenehmen Geschmack weniger frei – nicht so tief – atmet. Ihr Finger wird, wie bei starken Empfindungen oder Emotionen, kleiner und Ihr Puls schlägt schneller."

„Beim Herrn! Welter, was halten Sie davon?" rief einer seiner Gefährten; „Ihr Finger wird kleiner, wenn Sie Kaviar probieren!"

Für sie war es ein Witz. Ausgelassen lachend probierten sie Welter mit anderen Speisen auf dem Tablett; Sie zündeten ihm eine der schwarzen Zigarren an, die er am meisten liebte, und sahen zu, wie die zitternden Bleistifte seine Freude über den Geschmack und Geruch niederschrieben. Trant wartete die ganze Zeit aufmerksam und wachsam und wartete auf den richtigen Zeitpunkt, um seinen Plan auszuführen. Es kam, als sie, nachdem sie die verfügbaren Artikel ausgeschöpft hatten, eine Pause einlegten, um eine andere Möglichkeit zu finden, das Vergnügen fortzusetzen. Der junge Psychologe beugte sich plötzlich vor.

„Es ist doch keine große Tortur, oder, Herr Welter?" er sagte. „Die moderne Psychologie quält ihre Untertanen nicht wie" – er hielt bedeutungsvoll inne – „ *ein Gefangener im elisabethanischen Zeitalter!*""

Dr. Annerly beugte sich über das Protokollblatt und stieß einen erschrockenen Ausruf aus. Trant blickte ihn scharf an und richtete sich triumphierend auf. Doch der junge Psychologe machte keine Pause. Er holte schnell ein Foto aus seiner Tasche, auf dem lediglich ein Haufen leerer Kaffeesäcke zu sehen war, der achtlos bis zu einer Höhe von etwa zwei Fuß an der Innenwand eines Schuppens aufgetürmt war, und legte es vor das Motiv. Welters Gesicht veränderte sich nicht; aber wieder zitterten die

Bleistifte über dem sich bewegenden Papier, und die Beobachter starrten voller Erstaunen. Trant entfernte schnell das Foto und ersetzte es durch den gebogenen Draht, den ihm Miss Rowan gegeben hatte. Dann schwang er sich ein letztes Mal zum Instrument, und als seine Augen die wild vibrierenden Stifte erblickten, blitzten sie triumphierend auf.

Präsident Welter erhob sich abrupt, aber nicht zu hastig. „Das ist so ziemlich genug von diesem Blödsinn", sagte er mit vollkommener Selbstbeherrschung.

Sein Kiefer hatte sich angesichts der wachsamen Entschlossenheit des Preiskämpfers, der in seine Ecke gedrängt wurde, unmerklich angespannt. Seine Wange hatte immer noch den rötlichen Glanz der Gesundheit; aber der Weinrausch war verschwunden und er war vollkommen nüchtern.

Trant riss den Papierstreifen vom Instrument und nummerierte die letzten drei Reaktionen mit 1, 2, 3. So sahen die Aufzeichnungen aus:

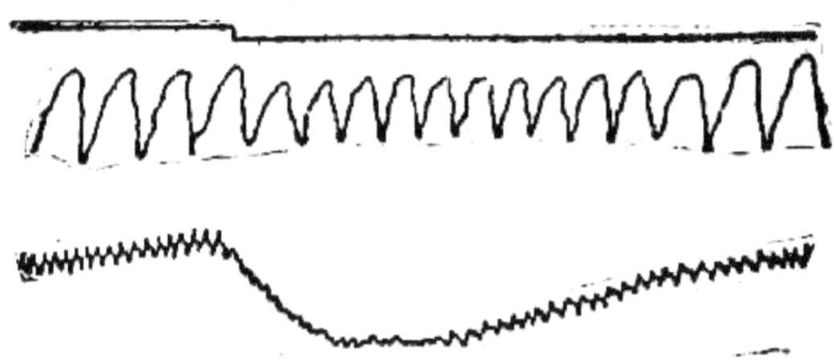

Aufzeichnung der Reaktion, als Trant sagte: „Ein Gefangener im *elisabethanischen Zeitalter* !"

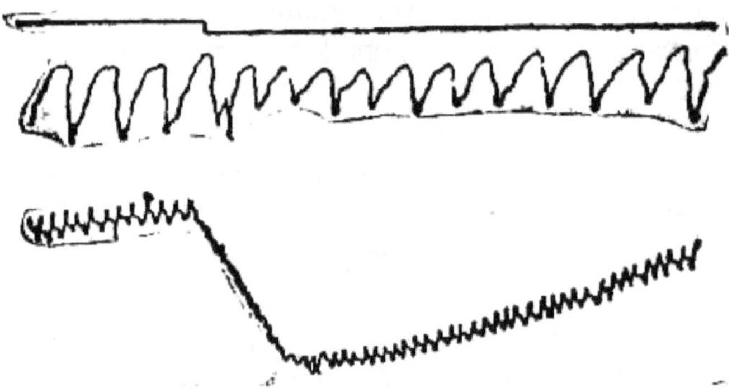

Aufnahme gemacht, als Welter das Foto eines Haufens Kaffeesäcke sah.

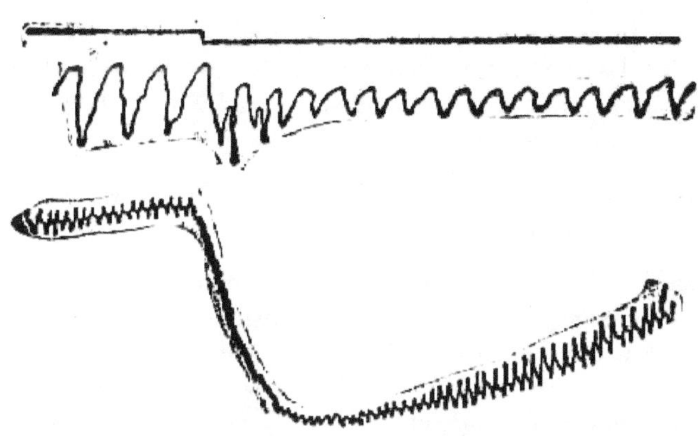

Aufzeichnung gemacht, als Welter die Feder gezeigt wurde.

"Toll!" sagte Dr. Annerly . "Herr. Welter, ich bin gespannt, welche Assoziationen Sie mit diesem Foto und dem gebogenen Draht haben, dessen Anblick in Ihnen so starke Emotionen geweckt hat."

Mit enormer Selbstbeherrschung begegnete der Präsident der American Commodities Company seinem Blick gerecht. „Keine", antwortete er.

"Unmöglich! Kein Psychologe, der weiß, wie diese Aufzeichnung aufgenommen wurde, könnte sie betrachten, ohne absolut sicher zu sein, dass das Foto und der Frühling in Ihnen solch übermäßige Emotionen hervorgerufen haben, dass ich versucht bin, ihr ohne weitere Worte den Namen „starker Schrecken" zu geben! Aber wenn wir versehentlich auf ein Geheimnis gestoßen sind, haben wir keine Lust, weiter darin herumzuschnüffeln. Ist es nicht so, Herr Trant ?"

Als Präsident Welter den Namen hörte, wirbelte er plötzlich herum. „ Trant ! Ist Ihr Name Trant ?" er forderte an. „Nun, ich habe von dir gehört." Sein Blick wurde hart. „Ein Mann wie du geht einfach so weit, und dann — jemand hält ihn auf!"

„Als sie Landers aufgehalten haben?" fragte Trant .

drehte sich, dicht gefolgt von seinen Gefährten, zur Tür, während er für einen Moment sowohl Trant als auch Professor Schmalz in seinen jetzt offen drohenden Blick einschloss . Und einen Moment später waren die schnellen Explosionen seines Autos zu hören. Als Trant das Geräusch hörte, ergriff er plötzlich einen großen Umschlag, steckte das Foto und den Draht hinein, die er gerade benutzt hatte, versiegelte, unterschrieb und datierte es, unterschrieb und datierte auch die Aufzeichnung der Instrumente und übergab alles eilig Dr. Annerly .

„Doktor, ich vertraue Ihnen das an", rief er aufgeregt. „Am besten lassen Sie sie von Ihnen allen dreien beglaubigen. Wenn möglich, lassen Sie die

Aufzeichnung heute Abend fotografieren und verteilen Sie die Fotos an sicheren Orten. Lassen Sie vor allem die Schallplatte nicht aus Ihren Händen, bis ich sie abhole. Es ist wichtig – äußerst wichtig! Was mich betrifft, ich habe keinen Moment zu verlieren!"

Er schnappte sich seinen Hut und rannte aus dem Zimmer, wobei er sie in einer erstaunten Gruppe zurückließ.

Der junge Psychologe raste zu dritt die Steinstufen des Labors hinunter, rannte mit Höchstgeschwindigkeit zur nächsten Straßenecke, bog ab und sprang in ein wartendes Taxi. „Das Dock der American Commodities Company in Brooklyn", rief er, „und egal, die Geschwindigkeitsbegrenzungen!"

Rentland und der Chauffeur, die ihn in der Maschine erwarteten, freuten sich über sein Kommen.

"Heiße Arbeit?" fragte der Zollagent .

„Es kann sehr heiß sein; aber wir haben den Vorsprung vor ihm", antwortete Trant , als das Auto vorausschoss. „Ich glaube, Welter selbst kommt heute Abend zum Hafen, so wie er aussieht! Er ging kurz vor mir, musste aber zuerst seine Freunde fallen lassen. Er vermutet nun, dass wir es wissen; aber er kann sich nicht darüber im Klaren sein, dass wir wissen, dass sie heute Abend entladen werden. Er rechnet wahrscheinlich damit, dass wir darauf warten, sie morgen früh beim Schummeln zu erwischen. Wenn ich ihn richtig einschätze, wird er also heute Abend selbst vorbeikommen, um den Stopp anzuweisen und alle Spuren zu beseitigen, bevor wir etwas beweisen können. Wartet Dickey?"

Wort gibst, soll er uns aufnehmen und sie dabei erwischen. Wenn Welter selbst kommt, wie Sie denken, wird das nichts am Plan ändern?" fragte Rentland .

„Überhaupt nicht", sagte Trant , „denn ich habe ihn bereits. Er wird natürlich alles leugnen, aber jetzt ist es zu spät!"

Das große Auto schwang mit unkontrollierter Geschwindigkeit den Broadway entlang, wurde nach einer zwanzigminütigen Fahrt langsamer, um die Brooklyn Bridge zu überqueren, und bog nach links ab, stürzte erneut mit hoher Geschwindigkeit in die engeren und weniger gepflegten Durchgangsstraßen von Brooklyn die Uferpromenade von Brooklyn. Zwei Minuten später überholte es ein kleines Elektro-Coupé und dümpelte aufgeregt die abfallende Straße entlang. Als sie daran vorbeikamen, erblickte Trant die beleuchtete Nummer, die an der Rückseite hing, und rief plötzlich dem Chauffeur zu, der sein Auto dreißig Meter weiter zum Stehen brachte.

Der Psychologe sprang herunter und rannte vor dem kleinen Auto auf die Straße.

„Miss Rowan", rief er dem einzigen Insassen zu, als es zum Stehen kam. „Warum kommst du heute Abend um diese Zeit hierher?"

„Oh, Sie sind es, Mr. Trant !" Sie öffnete die Tür und war erleichtert, als sie das erkannte. „Oh, ich mache mir solche Sorgen. Ich bin auf dem Weg zu Vater; denn gerade kam ein Telegramm aus Boston zu ihm; Mutter öffnete es und sagte mir, ich solle es ihm sofort bringen, da es das Wichtigste sei. Sie wollte mir nicht sagen, worum es ging, aber es erregte sie sehr. Oh, ich habe solche Angst, dass es um Will gehen muss, und deshalb wollte sie es mir nicht sagen."

„Aus Boston?" Trant drückte schnell. Das Mädchen hatte ihr Selbstvertrauen und las nervös das Telegramm im Licht der Seitenlampen des Coupés vor. Es las:

Die Polizei hat Ihren Freund aus unseren Händen genommen; Achten Sie auf Ärger. Wilson.

„Wer ist Wilson?" forderte Trant .

„Ich bin mir nicht sicher, ob es der Mann ist, aber der Kapitän des *Elisabethanischen Zeitalters* ist ein Freund seines Vaters namens Wilson!"

„Dann kann ich dir schließlich nicht helfen", sagte Trant und sprang zurück zu seinem leistungsstarken Auto. Er flüsterte dem Chauffeur ein Wort zu, das ihn mit doppelter Geschwindigkeit durch die Schneeverwehungen vorantreiben ließ und das kleine elektrische Coupé weit hinter sich ließ. Zehn Minuten später stoppte Rentland den Motor einen Block vor einem großen, beleuchteten Eingang, der plötzlich in einer Reihe dunkler, herabsinkender Gebäude zu sehen war, die neben den Docks der American Commodities Company in Brooklyn lagen.

„Jetzt", meldete sich der Geheimagent, „liegt es an mir, Dickeys Leiter zu finden!"

Er führte Trant durch einen schmalen, dunklen Hof, der sie einer leeren Wand gegenüberstellte; An dieser Wand war kürzlich eine leichte Leiter angebracht worden. Sie stiegen hinauf und gelangten in die Hafenumschließung . Nachdem sie ein Dutzend wackliger, unbenutzter Stufen wieder abgestiegen waren, erreichten sie einen dunkleren, überdachten Zubringerweg und eilten daran entlang zu den Docks. Kurz vor dem Ende der offenen Hafenhäuser, wo eine Reihe von Bogenlampen ihr weißes und flackerndes Licht auf die riesige schwarze Seite eines vertäuten Dampfers warfen, bog Rentland in einen kleinen Schuppen ein, und die beiden stießen plötzlich auf den Zollbeamten Dickey .

„Das neben uns", flüsterte der kleine Mann eifrig zu Trant , während er seine Hand ergriff, „ist das Schuppenhaus, in dem alles getan wird, was auch immer getan wird – Nein." 3."

Vor ihnen schoben sich kämpfende Reihen schwitzender Männer durch die gähnenden Gänge des Dampfers und schoben Lastwagen, die mit Tabakballen beladen waren. Trant blickte zunächst nach links, wo die Ballen im Tabaklager verschwanden; dann nach rechts, wo ganz in der Nähe jede Lastwagenladung für einen Moment auf einer Waageplattform vor dem niedrigen Schuppen anhielt, auf dem die Nummer stand, die Dickey in einer großen weißen Zahl anzeigte.

"Wer ist er?" fragte Trant als eine kleine Gestalt, kaum fünf Fuß groß, leichenhaft, mit Käferbrauen und kalten, bösartigen Augen mit roten Lidern, die direkt unter dem Bogenlicht vorbeiging, das ihnen am nächsten stand.

„Rowan, der Hafenaufseher!" Flüsterte Dickey.

„Ich wusste, dass er klein war", gab Trent überrascht zurück, „aber ich dachte, dass er sicherlich eine Faust haben musste, um der Schrecken dieser Hafenarbeiter zu sein."

"Warten!" Rentland hinter ihnen machte ein Zeichen.

Plötzlich hatte sich eine aufgedunsene, bedrohliche Gestalt aus der Gruppe der Hafenarbeiter gelöst – ein zur Verzweiflung getriebener Hilfsarbeiter, der die Faust gegen seinen kümmerlichen Vorgesetzten erhob. Doch noch bevor der Schlag gefallen war, schlug eine weitere Faust, riesig und schwarz, mit einem Hammer über Rowans Schulter auf den Mann ein. Er stürzte, und der Hafenaufseher ging weiter, ohne einen Blick zurückzuwerfen, und der riesige Neger, der den Schlag ausgeführt hatte, folgte ihm wie ein Hund.

„Der Schwarze", erklärte Rentland , „ist Rowans Leibwächter. Er braucht ihn."

„Ich verstehe", antwortete Trant . „Und um Miss Rowans willen bin ich froh, dass es so war", fügte er rätselhaft hinzu.

Dickey hatte leise eine Tür auf der gegenüberliegenden Seite des Schuppens geöffnet; Die drei schlüpften schnell hindurch und gingen unbemerkt um die Ecke des Kaffeelagers in einen langen, dunklen und schmalen Raum. Auf der einen Seite befand sich die Rückwand des Schuppenhauses Nr. 3 und auf der anderen Seite der Maschinenraum, in dem Landers' Leiche gefunden worden war. Das einzelne Fenster auf der Rückseite des Hauses Nr. 3 war weiß getüncht, um zu verhindern, dass jemand von dieser Seite hineinschauen konnte; aber stellenweise war die

Tünche in Flocken abgefallen. Trant richtete seinen Blick auf einen dieser klaren Punkte im Glas und blickte hinein.

Der auf schweren Pfosten stehende Waagentisch erstreckte sich hinter einem niedrigen, breiten Fenster fast über die gesamte Vorderseite des Hauses, so dass die am Tisch Sitzenden alles sehen konnten, was sich auf den Docks abspielte. Am rechten Ende des Tisches saß der Regierungswaage; Am linken Ende und fast über die gesamte Länge des Tisches von ihm getrennt saß der Kompaniekontrolleur. Sie waren die einzigen Personen im Schuppenhaus. Nachdem Trant die Szene zum ersten Mal rasch überblickt hatte, richtete er seinen Blick auf den Mann, der den Posten eingenommen hatte, den Landers drei Jahre lang und Morse einige Tage später innehatte — den Kompaniekontrolleur. Eine Lastwagenladung Tabakballen wurde auf die Waage vor dem Haus gerollt.

„Pass auf sein linkes Knie auf", flüsterte Trant schnell in Dickeys Ohr an der Fensterscheibe neben ihm, während das Gleichgewicht auf dem Balken vor ihnen hergestellt wurde. Während er sprach, stellte der Regierungswaage die Waage ein und sie sahen, wie das linke Bein des Firmenprüfers fest gegen den Pfosten drückte, der die Waagestange an seinem Ende schützte. Beide Männer im Waagenhaus lasen dann das Gewicht laut vor und trugen es jeweils in das Buch ein, das vor ihm auf dem Tisch lag. Ein zweiter Lastwagen voll wurde auf die Waage gerollt; und wieder, gerade als der staatliche Waagenmann seine Waagen korrigierte, wiederholte der Firmenprüfer den Vorgang so unauffällig, dass die Tat für jeden, der nicht nach dieser genauen Bewegung suchte, unentdeckbar war. Beim nächsten LKW sahen sie es wieder. Der Psychologe wandte sich an die anderen. Auch Rentland hatte durch die Scheibe zugeschaut und nickte zufrieden.

Sofort stürmte Trant die Tür des Schuppenhauses auf und warf sich mit voller Kraft auf den Damespieler. Der Mann leistete Widerstand; sie kämpften. Während die Zollbeamten ihn beschützten, riss Trant etwas vom Pfosten neben dem linken Knie des Kontrolleurs und erhob sich mit einem Triumphschrei. Dann sprang der Psychologe, gewarnt durch einen Schrei von Rentland , schnell zur Seite, um einem Schlag des riesigen Negers auszuweichen. Seine Schnelligkeit rettete ihn; Dennoch schleuderte ihn der Schlag, der über seine Wange streifte, von den Füßen. Er erhob sich sofort, Blut floss aus einer oberflächlichen Schnittwunde an seiner Stirn, wo sie die Wand des Schuppenhauses getroffen hatte. Er sah, wie Rentland den Neger mit einem Revolver bedeckte und die beiden anderen Zollbeamten mit vorgehaltener Pistole den bösartigen kleinen Hafenaufseher, den Kontrolleur und die anderen verhafteten, die sich in das Schuppenhaus gedrängt hatten.

„Siehst du!" Trant zeigte den Zollbeamten ein Stück gebogenen Draht, mit dem eine Schnur umwickelt war, genau wie das Mädchen ihm am Morgen gegeben hatte und das er eine Stunde zuvor bei seinem Welter-Test verwendet hatte. „Es war fast genau so, wie wir es erwartet hatten! Diese Feder wurde durch ein Loch im Schutzpfosten gesteckt, so dass sie verhinderte, dass der Waagebalken richtig angehoben wurde, wenn Ballen auf die Plattform gelegt wurden. Ein kleiner Druck an diesem Punkt kostet jeden gewogenen Ballen viele Pfund. Der Kontrolleur musste nur sein Knie bewegen, auf eine Weise, die wir nie bemerkt hätten, wenn wir nicht darauf geachtet hätten, um den Plan umzusetzen, mit dem sie seit zehn Jahren betrügen! Aber den Rest dieser Angelegenheit", er warf einen Blick auf die sich schnell sammelnde Menge, „kann man am besten im Büro regeln."

Er ging voran, während die Zöllner ihre Gefangenen mit vorgehaltener Pistole abnahmen. Als sie das Büro betraten, Rowan als Erste, verrieten der Schrei eines Mädchens und der Antwortschwur ihres Stiefvaters, dass die Tochter des Hafendirektors angekommen war. Aber sie wäre fast von einem anderen starken Auto überholt worden; Denn bevor Trant mit ihr sprechen konnte, öffnete sich die Außentür des Büros gewaltsam, und Präsident Welter, gekleidet in einen Automantel und eine Mütze, trat ein.

"Ah! „Herr Welter, Sie sind schnell hierhergekommen", sagte Trant und begegnete gelassen seinem empörten Erstaunen über den Tatort. „Aber etwas zu spät."

„Was ist hier los?" Welter beherrschte seine Stimme gebieterisch. „Und was hat *Sie* von Ihrer Phrenologie hierher geführt?" er forderte verächtlich von Trant .

„Die Hoffnung, Ihren Firmenkontrolleur und Ihren Hafenaufseher auf frischer Tat zu ertappen, wie wir sie gerade dabei erwischt haben, wie sie die Regierung betrügen", gab Trant zurück, „bevor Sie hierher kommen, um sie aufzuhalten und Beweise zu entfernen."

„Was ist das für eine verrückte Idiotie?" Welter antwortete, immer noch mit hervorragender Moderation. „Ich bin hierher gekommen, um einige notwendige Papiere für die Schiffsabfertigung zu unterschreiben, und Sie –"

„Ich sage, wir haben Ihre Männer auf frischer Tat ertappt", wiederholte Trant , „bei den Methoden, mit denen Sie mit Ihrem sicheren Wissen und unter Ihrer Anleitung, Herr Welter, systematisch von der Regierung der Vereinigten Staaten gestohlen haben – wahrscheinlich in den letzten zehn Jahren." . Wir haben herausgefunden, wie Ihr Firmenprüfer an der Waage Nr. 3, die aufgrund ihrer Position wahrscheinlich mehr Ladungen wiegt als alle anderen Waagen zusammen, die scheinbaren Gewichte, auf die Sie Zölle zahlen, verringert hat."

„Betrügen Sie hier unter meiner Anleitung?" Welter brüllte jetzt empört. "Worüber redest du? Rowan, wovon redet er?" er forderte kühn vom

Hafendirektor; aber der leichenhafte kleine Mann war nicht in der Lage, es mit ihm auszusprechen.

„Sie hätten Ihren Hafenaufseher jetzt nicht ansehen müssen, Herr Welter, um zu sehen, ob er dem Ärger standhält, wenn der Ärger kommt, wofür Sie ihm nebenbei genug bezahlt haben, um ihn mit Elektromotoren und Marmorstatuetten zu versorgen . Und Sie können jetzt nicht versuchen, dieses Verbrechen mit der üblichen Ausrede des Unternehmenspräsidenten zu leugnen, Herr Welter, Sie hätten nie davon gewusst, dass alles ohne Ihr Wissen von einem Untergebenen begangen wurde, um in seiner Abteilung hervorzustechen; und erwarten Sie auch nicht, dass Sie sich Ihrer sicheren Mitschuld an der Ermordung von Landers so leicht entziehen und ihn daran hindern können, Ihren Plan aufzudecken, und da – selbst die American Commodities Company wagte es kaum, im selben Monat zwei „Unfalltote" von Dame zu erleiden – das Shanghaiing von Morse später."

„Meine Mitschuld am Tod von Landers und dem Verschwinden von Morse?" Welter brüllte.

„Ich sagte den Mord an Landers", korrigierte Trant . „Denn wenn Rentland und Dickey morgen vor der Grand Jury erzählen, wie Landers dem Zollamt das Geheimnis des Gewichtsbetrugs verraten wollte; Wie er von Rowan in Angst und Schrecken versetzt wurde und später trotzdem erzählen wollte und nur durch einen plötzlichen Tod daran gehindert wurde, ich denke, Mord wird das Wort sein, das in der Anklageschrift vorgebracht wird. Und ich sagte „Shanghaiing" von Morse, Herr Welter. Als wir uns heute Morgen daran erinnerten, dass Morse in der Nacht, in der das *elisabethanische Zeitalter* Ihre Docks verließ, verschwunden war und Sie und Rowan sich so sehr darüber empört hatten, dass es heute Morgen in Boston anlegen musste, anstatt direkt nach Sumatra weiterzufahren, mussten wir nicht warten Die zufällige Information heute Abend, dass Kapitän Wilson ein Freund von Rowan ist, lässt darauf schließen, dass der vermisste Kontrolleur an Bord gebracht wurde, wie die Hafenpolizei von Boston heute Nachmittag bestätigte, die das Schiff auf unsere Anweisung hin durchsuchte." Trant hielt einen Moment inne; Der Psychologe fixierte erneut den jetzt zitternden Welter mit seinem Blick und fuhr fort: „Ich beschuldige Sie, mit Sicherheit an diesen Verbrechen beteiligt gewesen zu sein, ebenso wie Ihre Beteiligung an den Zollbetrugsfällen", wiederholte der Psychologe. „Zweifellos war es Rowan, der Morse im *elisabethanischen Zeitalter aus dem Weg geräumt hat* . Dennoch wussten Sie, dass er ein Gefangener auf diesem Schiff war, eine Tatsache, die bei meinen Tests mit Ihnen vor zwei Stunden im Stuyvesant Institute unauslöschlich schwarz auf weiß niedergeschrieben wurde, als ich Ihnen gegenüber lediglich „einen Gefangenen im elisabethanischen Zeitalter" *erwähnte* .'

„Ich behaupte nicht, dass Sie persönlich derjenige waren, der Landers ermordet hat; oder sogar, dass Rowan selbst es getan hat; Ob sein Neger es getan hat, wie ich vermute, ist nun Sache der Gerichte. Aber dass Sie zweifellos wussten, dass er nicht versehentlich im Maschinenraum getötet wurde, sondern am Mittwochabend zuvor und sein Körper unter den Kaffeebeuteln versteckt war, wie ich anhand der Fasern des Kaffeebeutels an seiner Kleidung vermutete, wurde ebenfalls als registriert gnadenlos von den psychologischen Maschinen heimgesucht, als ich Ihnen lediglich das Bild eines Stapels Kaffeesäcke zeigte.

„Und schließlich bestreiten Sie, Herr Welter, Kenntnis von dem Betrug, der stattgefunden hat und der den anderen Verbrechen zugrunde lag. Nun, Welter", der Psychologe nahm den gebogenen, mit Zwirn umwickelten Draht aus seiner Tasche, „hier ist das ‚unschuldige' kleine Ding, das das dritte Mittel war, das Sie dazu brachte, auf den Maschinen so extreme und unerklärliche Emotionen zu registrieren; oder besser gesagt, Herr Welter, es ist das Begleitstück dazu, denn das ist nicht das, was ich Ihnen gezeigt habe, das Morse zur Verwendung gegeben wurde, das er jedoch nicht verwenden wollte; Aber es ist genau der Draht, den ich heute Abend aus dem Loch im Pfosten genommen habe, wo er an der Schwebebalkenstange befestigt war, um die Regierung zu betrügen. Wenn dies morgen veröffentlicht wird und damit auch das Diagramm und die Erklärung der Tests von Ihnen vor zwei Stunden, die von den Wissenschaftlern, die sie beobachtet haben, bestätigt werden, glauben Sie dann, dass Sie das länger leugnen können? das alles geschah mit Ihrem Wissen und Ihrer Anleitung?"

Der große Stierhals des Präsidenten schwoll an, und seine Hände ballten sich immer wieder, während er mit leuchtenden Augen in das Gesicht des jungen Mannes starrte, der ihn so herausforderte.

„Sie denken jetzt wohl, Mr. Welter", antwortete Trant auf seinen finsteren Blick, „dass solche Beweise, die direkt gegen Sie gerichtet sind, nicht vor Gericht gebracht werden können." Da bin ich mir nicht so sicher. Aber zumindest kann es morgen früh in den Zeitungen veröffentlicht werden, bezeugt durch die Unterschriften der Wissenschaftler, die den Test miterlebt haben. Zu diesem Zeitpunkt wurde es bereits fotografiert und die fotografischen Kopien werden an sicheren Orten verteilt, um an dem Tag, an dem die Regierung ein Strafverfahren gegen Sie einleitet, zusammen mit dem Original vorgelegt zu werden. Wenn ich es hier hätte , würde ich Ihnen zeigen, wie vollständig und wie gnadenlos der Beweis dafür ist, dass Sie wussten, was getan wurde. Ich würde Ihnen zeigen, wie sich Ihr Puls und Ihre Atmung an der mit 1 in der Aufzeichnung markierten Stelle auf meinen Vorschlag hin alarmierend beschleunigten; wie an dem mit 2 markierten Punkt Ihre Angst und Furcht zunahmen; und wie du dich im Alter von 3 Jahren, als die Quelle, durch die dieser Betrug begangen wurde, vor deinen

Augen hatte, unkontrolliert und unmissverständlich verriet. Wie das Blutvolumen in deinem zweiten Finger plötzlich abnahm, als der Strom zurück auf dein Herz geworfen wurde; wie dein Puls vor Angst pochte; wie Sie, obwohl Sie sich nicht von der äußeren Erscheinung rühren ließen, den Atem anhielten und Ihre mühsamen Lungen unter der Angst kämpften, dass Ihr Fehlverhalten entdeckt würde und Sie gebrandmarkt würden – wie ich vertraue darauf, dass Sie jetzt gebrandmarkt werden, Herr Welter, wenn die Beweise vorliegen Dieser Fall und die Aussagen derjenigen, die Zeugen meines Tests waren, werden einer Jury vorgelegt – einem vorsätzlichen und intriganten Dieb!"

"-- -- Du!" Die drei Worte entkamen Welters geschwollenen Lippen. Er streckte seinen Arm aus, um den Zollbeamten, der zwischen ihm und der Tür stand, beiseite zu schieben. Dickey wehrte sich.

„Lass ihn gehen, wenn er will!" Trant rief den Beamten an. „Er kann weder entkommen noch sich verstecken. Sein Geld hält ihn fest!"

Der Offizier trat beiseite, und Welter ging ohne ein weiteres Wort in den Flur. Doch als sein Gesicht für Trant nicht mehr sichtbar war , wurden die hängenden Tränensäcke unter seinen Augen bleigrau, seine dicken Lippen fielen locker auseinander, sein Schritt schwankte; seine Maske war gefallen!

„Außerdem brauchen wir meiner Meinung nach alle Männer, die wir haben", sagte Trant und wandte sich wieder den Gefangenen zu, „um diese an einen sicheren Ort zu bringen." „Miss Rowan", dann drehte er sich um und streckte seine Hand aus, um das verängstigte und weinende Mädchen zu stützen, „ich habe Sie gewarnt, dass Sie heute Abend wahrscheinlich besser nicht hierher kommen sollten. Aber da Sie hierher gekommen sind und wegen der Verfehlungen Ihres Stiefvaters Schmerzen erlitten haben, freue ich mich, Ihnen über die Tatsache hinaus, die Sie gehört haben, die zusätzliche Zusicherung geben zu können, dass Ihr Verlobter nicht ermordet, sondern lediglich eingesperrt wurde Bord des *elisabethanischen Zeitalters* ; dass er bis auf ein paar blaue Flecken gesund und munter ist, und außerdem erwarten wir ihn jeden Moment hier. Die Polizei bringt ihn mit dem Zug von Boston herunter, der um zehn ankommt."

Er ging zum Fenster und sah einen Moment zu, wie Dickey und Rentland , die eine Patrouille bestellt hatten, mit ihren Gefangenen warteten. Bevor der Streifenwagen auftauchte, sah er die wackelnden Laternen eines torkelnden Taxis, das einen Block entfernt um eine Ecke bog. Als es am Eingang anhielt, sprang ein Polizist in Zivil heraus und half einem jungen Mann nach, der in einen Mantel gehüllt war, einen Arm in einer Schlinge trug, blass und mit bandagiertem Kopf. Das Mädchen stieß einen Schrei aus und rannte durch die Tür. Einen Moment lang stand der Psychologe da und beobachtete die Begrüßung der Liebenden. Dann wandte er sich wieder den mürrischen Gefangenen zu.

„Aber es ist schon ein Fortschritt, nicht wahr, Rentland ", fragte er, „solche armen Teufel nicht alleine versuchen zu müssen; aber endlich den Mann zu fangen, der die Millionen verdient und ihnen die Pennys zahlt – den Mann weiter oben?"

DAS ENDE

www.ingramcontent.com/pod-product-compliance
Lightning Source LLC
LaVergne TN
LVHW041445170726
843492LV00008B/2827